JN199544

短歌研究社

シジフォスの日日　目次

装幀　菊地信義

シジフォスの日日

臨死ツアー

「イタイイタイ誰か助けて」と一人(いちにん)にメールを打ちて力尽きたり

黄色ブドウ球菌とふ美しき名前の細菌がわが脊髄を破壊せむとす

今日手術しなければ死ぬと言ひ切られ夜桜の下運ばれてゆく

ＩＣＵ幻想　Ⅰ

「椋鳥のお母さんは病気です」大きプレート枕辺にあり

キラキラのガイドの旗に導かれ集中治療室(ＩＣＵ)を走る子供ら

パジャマ姿の十三人の子供たちワルツを踊る武満徹の

子供らは星星となり遠ざかり明け行く空をわれのみぞ飛ぶ

ICU幻想　Ⅱ

まなびやのカリヨンの塔に降り立ちて制服の友を遠く見てをり

アヴェ・マリア歌ひながらに校内を一周したる「百合の行列」

少女らは白手袋に白ヴェール心の高さに白百合を持つ

無原罪の御宿りに倣はむと象られたる白百合の花

一人だけ黒手袋に黒ヴェール「百合の行列」後尾を歩む

初等科生の終礼の声遠くより「ごめんあそばせ。恐れ入りました」

カリエスにて小学校に通へざりし寝たきりのわれ鏡のみ見き

裏庭の古き桜の根元には母が埋めたるストマイの瓶

ＧＨＱの横流しせし薬瓶か秘めごとすべて土中に眠る

ＩＣＵ幻想　Ⅲ

鏡中に桜吹雪をさまよへば花野はるかに亡き父の呼ぶ

わが名呼ぶ看護師の声医師の声「自発呼吸をしてゐません」と

麻酔覚めまづ聴覚がよみがへり夢と現（うつつ）は一本の線

呼吸器につながれし異形の身のわれは一夜のうちに四肢麻痺となる

看取りをりし人ら帰れば肉塊となりて過ごせり十八時間

教授回診

病棟の廊下を埋めるインターンとドクターたちの私語の多さよ

「呼吸器離脱の可能性は」と英語にて問ふ教授をりhopelessと答ふる主治医

動かざる両手両足添へられて「意識清明」とカルテにはあり

憧れのごとくはるかに響きたり聖橋過ぐる中央線は

歌は生まるる

呼吸器に声を奪はれ五と七を数へる指はさらに遥けし

三十一回五十音図を読む友に頷きながら歌は生まるる

十四人の友の綴れる薔薇色のキルトの祈りにつつまれてゐる

ファントム・シンドローム

水頭症にて倍になりたるわが頭異形のものは神に近きか

麻痺したる四肢に加へて幻の手足四本痛みに燃ゆる

ファントム・シンドロームてふ幻の手足も数へ蛸のごとしも

百年に百人ほどの例と聞きわが籤運の良し悪しを問ふ

痰だけは正岡子規に負けるまじ日に三箱のティッシュを空ける

額上にルルドの水で十字きる「娘よ、起きよ」と誰か言はざる

晩夏の奇跡のごとく呼吸器は誕生日の朝外されてをり

ひと日とて休むことなく四箇月われを見舞ひし友の歌声

堀切へ

『夢十夜』のごとく額に口づけし泣きながら去りし青年ひとり

青年は二十年（はたとせ）会はざりし従弟なりまこと光陰は矢のごとく過ぐ

カンファレンスに出でて二時間病室に戻らざる妹の泣き顔思ふ

発声の練習ふた山越えてなほ宇宙人めく声のかすかに

居酒屋の旗にも似たる点滴の棹一本づつが減りてゆくなり

「短歌人」の印刷所ありし堀切へ転院決まり長月となる

きつといつかは食べられますよと階段の上から主治医の声が降りけり

転院

転院の朝贈られし寄せ書きに「ありがとう」と書けり若きナースは

いささかの青空見ゆる部屋にゐて『矩形の空』の思ほゆるかも

歌の友が花を抱へて見舞ふときいのちの粒子に虹立つ思ひ

枕辺に服部真里子が起立して『てのひらを燃やす』朗読し終ふ

信仰は助けになりしかと問ふ友に祈られをりしことが支へと

たちまちに褥瘡わが身を穿ちたり正岡子規に張り合ふごとく

わが身体枯木のごとく砕けたり言葉(ロゴス)残りて歌とならなむ

六箇月ぶりに嚥下訓練許されて葡萄ゼリーは喉に冷たし

長身の弟が屈みて祈るときキリストの背が幻に見ゆ

病棟閉鎖

つぶつぶと赤子のごとく肥えしわが右手をとりてさする青年

「三日とろろ美味しうございました」円谷の遺書思ひつつ駅伝を見る

インフルエンザ警報が発令さるればその日より凍れるごとく病棟閉鎖

二箇月余閉鎖続けば病床に自在に伸びる爪と髪の毛

福笑ひのごとく眉目を動かせど動かざる鼻にうすく笑へり

日日に詠む歌を書き取る術もなくそらんじてはまたそらんじてをり

「短歌人」出詠のため枕辺に看護師長立ちき十五分間

くれなゐ

車椅子で見たる桜は玄関に菰を被りてささやかに咲く

病院の外気は青き風船のごとくまるまりわが膝に乗る

幼き日「ストマイつんぼ」となぶられし右耳は今耳鳴り初むる

ひととせを母と会はずに過ぎぬれば「ありすの杜」の桜ゆかしき

別れ際に男の大きてのひらが額撫づれば命つたはる

歪める音符

愛国心をランドセルいつぱいに詰め込まれ新カリキュラムの一年生行く

総理参拝最後に背中を押したるは櫻井よしこの電話とぞ聞く

お見舞の帰りにデモに行くといふ同級生らと弟夫婦

病床に釘打たれしまま見るテレビ集団的自衛権可決されゆく

開戦を止めざりし世代の罪を問ひ母を泣かせし十歳のわれ

本棚に『西部戦線異状なし』埃かぶりし父の青春

水無月の眠れぬ夜の死者の声花畑へとわれを誘ふ

リハビリの時間

屈強の四人の腕に掲げられリクライニング式車椅子に移る瞬間

背を上げて足を下ろせば人並に生きた心地し口紅をさす

炎天のリハビリ公園の藤の莢もうこの花房を見ることはない

酷暑なれどわが顔のみが火照りたり四肢と身体はなほ冷たくて

シトラスの風吹きぬけて病室の位相が変はるアロマ療法

早番のナース明るくひと騒ぎ「若者たち」のロケを見しとふ

「若者」にならざりし日に見しドラマ「若者」であらざりし日にリメイクを見る

大雨洪水警報発令中の荒川に打ち揚げられし「足立の花火」

手帳

タナトスとエロスのごとく再生と痛みは常に絡み合ひたり

特別に愛されるため障害を持ちし幼児と修道士抱く

ありのままのこれが螢の姿だと鏡に見入るときもありなむ

要介護５　第一級障害者手帳ともに授与されわれは受け取る

転院再び

真夜中のわが病室にひそやかな教育相談ガールズトーク

生徒会会長応援演説のゴーストライターわれと知らずや

再びの転院の朝突然にかつての主治医おとなひて来る

hopeless と言ひし主治医はわれに謝し呼吸器取りたる姿写せり

見送りの青年作業療法士　患者輸送車追ひつつ涙

皆既月蝕

煉獄と詠ひ出だせば叱りつけ希望に向かひて生きよと言ふ人

できることとできないことが見えてきてそれでも歌を捨てられぬ夜

ピアノ書道声楽ダンス茶道華道　習ひしことはすべて甲斐なし

「もう死ぬことはできないのよ」と妹の励ます声に傷ついてゐる

部屋替となりて青空三倍にレースを揺らす朝となりなむ

一年間に三回の病室移動　忘れずに韓（はん）さんの花瓶包み持ちゆく

間ルリさんは歌集届けてポアンポアンと月蝕赤き夜を帰りゆく

一年半わが傍らに友がゐて夜鶯(ナイチンゲール)と心中に呼ぶ

ピクニック・ランチ

秋天の真青のなかに車椅子漕ぎ出してゆく四人の男女

療法士二人舵取り友が押す車椅子なり　われは乗客

動き出せば白杖指示する点字ブロック　ガタンゴトンと車を揺らす

飛びさうな右の首はた飛びさうな左の首支ふる術なく左右に踊る

「男弁当」四人で三つ分け合へば工事人らも午睡を始む

昼休み少年野球の一チームランニングする　睫毛の長さ

車椅子からぶつ飛びさうなわが頭　胸鎖乳突筋に支へられをり

夢に見しピクニック・ランチ現実は身体の痛み増すばかりなり

山寺さん小出さん螢は生きてをりますよ沼水近くまたたきながら

再会

早咲きの桜を見むと母の住む「ありすの杜」を訪(と)ひしをととし

この世では会へざるものと決めをりし母のホームへ車は向かふ

化粧直しするわれの横を妹に手をひかれたる母が過ぎゆく

車椅子テーブルの傍(そば)に近づけば母は両手で押し返さむとす

母の目に不信と恐怖のみ見えて肺活量なきわが声出でず

十分とたたず車に乗り込みしわれを涙で見送るスタッフ

九十を過ぎてピンクの服を着て白髪美(は)しき母の愛しき

少しづつ梯子を上り行くごとくゆつくり生きむ動かぬ足で

一夜

身体中の勇気をすべて絞り出し外泊訓練試みむとす

親戚の結婚式にことよせて都心ホテルに部屋を取りたり

ときめきを秘めてよぎりしことありしロビーを行きぬ車椅子にて

クリスマスのロビー行く人華やかに今宵の婚は十三組とぞ

夜もすがらわれの寝息をうかがひし友の一夜(ひとよ)に安眠はなく

カーテンの隙(ひま)よりはつか陽の射せば無事白暁となりにけるかも

パンケーキ口いっぱいに頬張りて心残りをひとつ減らせり

病室にドクター看護師集ひたりクリスマス祈禱会企画したれば

聖書読む弟の声聖歌うたふ義妹（いもうと）の声に涙流れぬ

われもまた馬小屋の隅に身を寄せる小さきもののひとりなるらし

春隣

「こんな目におあひになつて」と泣く人にさうは思はぬ我に気づけり

「こんな目」とは思はざりけりかくも深く人と関はる幸せ知れば

春隣　障害者手帳一級にことさら美(は)しき写真添付す

チャップリン髭生えたやうな違和感に声をあげれば羽虫なるらし

見舞客わが顔上の違和感をすばやく捕へ「目まとひ」と言ふ

石をもて巨人ゴリアテに立ち向かふダヴィデのごとし錦織圭は

ジャーナリスト後藤健二氏シリアにて殺害さる

田園調布教会で受洗せし後藤氏のために祈れかしと弟のもとに回状届く

「I AM KENJI」とふプラカード胸中にかかげ病床に伏す

ふたとせが過ぎて赤子のごときわれすべて受け入れ春を待たなむ

小さく前へならへ

肩甲挙筋上げ下げをするリハビリも二年(ふたとせ)近くなりにけるかも

肩上ぐればふいに両手の動きたり「小さく前へならへ」の形に

棒状の二本の腕の初めての動きに未来かすか明るむ

『谷間の百合』読みし日遠く二年（ふたとせ）を己が胸乳（むなぢ）に触れで過ごせり

氷原の夢から覚めて白き床（とこ）にオットセイのごとき医師と目が合ふ

スカイツリー背負ひて向かひ風の中自転車で来し見舞客あり

桃の花持ちて五歳の少年は音程確かに「ひなまつり」歌ふ

弥生月隠

「貴女が笑つてゐると嬉しい」と言ひし医師あり重篤の頃

笑ひごゑの絶えぬ病室であれかしと口角上ぐる練習をする

二年(ふたとせ)を休職のまま過ごしたれば定年となりぬ弥生月隠(つごもり)

桜色のスーツを着たる同僚が見舞ひくれたり赤飯を持ち

他人(ひと)の手で整理されたる段ボール七箱届く退職の朝

校門のアーチに入りしかの少女半世紀後のけふ卒業す

尾上柴舟作詞の校歌うたひたり「心清めん」朝な夕なに

顔も見ぬまま別れたる生徒らはわが枕辺に面影に立つ

くれなゐの花束抱へ妹は「三十七年お疲れさま」と

新たなる戦闘開始へのエール　「サムライ」といふ深紅の薔薇は

向かひ風の中自転車で帰宅せし野村裕心の退職清し

降りこめられて

処置室の窓より隣家の満開の桜見下ろす　雨降りやまず

見舞客と車椅子デート　病院の六階ホールに降りこめられて

リハビリ士の若者二人ひっそりと黒子のごとく車椅子押す

非常食救急医療キットなど六階廊下に積み上げてあり

上へ上へと大事な物は運ばるる　０メートル地帯の病院なれば

スカイツリーの足もとまでも海になる時まで日日を人は営む

「ボランティア同窓会」のお知らせが南三陸町より遅れて届く

フランスにて急逝したる教へ子の忘れ形見が枕辺に寄る

ぷくぷくと小さき口を動かして幼児仏語で「アヴェ・マリア」歌ふ

富士山に白虹かかるニュースあり　瑞祥なるや退院決まり

退院

はつ夏の闇に携帯着信灯青くひと夜を明滅しをり

リハビリ士の青年日ごとわが髪を梳りをり大きブラシで

新しきステージに向かふわがために祝福くれし歌の友垣

大銀杏の両国を過ぎ日本橋渡れば二里で高輪となり

高輪の空の真中に浮かびたる窓が今日よりわが棲まひらし

夕光に降り注ぎたるバッハの音(ね)　ＢＯＳＥの音量絞ることなく

十九人のスタッフの手に支へられ新しき時を紡ぎてゆかむ

人のために何か為したき傲慢を捨てよと言はれただ祈りをり

窓辺の光度

万象の凝れるごとき曇天に白き腹見せ百合鷗飛ぶ

在宅の生活者としてあることの難さを知りぬ酸素吸入

腹筋の不随意運動始まりて蹴らるるごとき痛みが続く

排球のボールのごとく複数のヘルパーの手にパスされてゆく

入れかはり立ちかはりするヘルパーが作る三食全力で喰ふ

歌の友が見舞に持ち来し夏の花　窓辺の光度しばし増したり

シジフォスの日日

電動のベッドの上に生まれたる新しき「我」は繭のごとしも

動かざる白き繭ひとつ横たはり遠き夜景と対峙してをり

かつて詠みし作中主体の数多あれど予想せざりき　かくなる「我」は

シジフォスの神話のごとく幾たびも新しき「我」を選び直さな

向日葵の花の色なる寝衣(しんい)着て動かぬ四肢を夏に投げ出す

不条理とふ言葉初めて学びたる『山月記』　遠き夏の授業に

不条理な変身譚を愛しみつ　虎にも花にも変化(へんげ)せぬ日に

軍靴の響き遠く聞きつつパラオにて喘息に臥せり若き敦は

安保法案反対のデモより帰りたる弟の幟「ゆるキリの会」

「戦争を許さないキリスト教徒の集ひ」だと言ひて弟ゆるく笑へり

傍らの「渓流の会」の幟には「平和でなければ釣りはできない」

四十三インチのテレビ画面にあふれたるマツコ・デラックスに癒されてをり

揺れ動く心の針にひとつづつ言葉をのせて鎮もるを待つ

レインボーブリッジに片脚かけし大き虹わが病窓を突き抜けて立つ

右耳

ふるさとの花火大会動画とてスマホ差し出す訪問看護師

病室の窓いつぱいに東京湾花火降りけり終（つひ）の繚乱

右耳に棲みつきにける耳鳴りはわが聴力を盗み取りたり

耳栓を外し初めて気づきたり右の聴力失ひしこと

聞こえない耳そばだてて新しき冒険の中へ足を踏み出す

三月にわれを見舞ひて八月に喉頭癌にて逝きし教へ子

早朝の地震（なゐ）に気づきて目覚むれば隣室（となり）より友われに走り来

三箇月に五キロ瘦せたる友の笑み白暁の光に透き通りたり

驟雨

歌の友が集ひて歌を語るときわが病床に花咲くごとし

子供神輿のかけ声驟雨にかき消され呼笛の音微かに聞こゆ

見舞客の帰るさを追ふ夕立は柘榴坂あたりで足捕らへむか

検査入院とて個室にひとり横たはれば東京タワーがわれを見下ろす

車椅子で運ばれてゆく果てしなき通路は耳鼻科外来に出づ

ミニトラック外せば気道塞がりて命の一歩踏み出し難し

退院の翌日呼吸整はねば訪問の医師三たびおとなふ

「命にも関はります」と再入院促す医師を拒絶してをり

危機過ぎれば「不思議な人だ」と幾たびも首を傾げて医師は去にけり

レインボーブリッジに赤く懸かれる大き月灯火(ともしび)消してしばし黙せり

姨捨(をばすて)の田毎の月をともに見し従姉の遺句の思ほゆる宵

カサブランカ

七階の窓より空に泳ぎ出で素手で捕らばやかの羊雲

三本のカサブランカ抱へ青年は「全部咲くよ」と微笑みて立つ

骨盤の細き少女の科(しな)のごと花器に溢るる百合の莟は

十八の蕾がすべて開くまでわがいのち静かに百合と向き合ふ

友の指が日日に雄蕊を摘み取りてカサブランカは咲き極まりぬ

十五人のヘルパースタッフ少しづつ受け入れてゆく喜びもあり

沐浴のとき

訪問入浴のスタッフ三人（みたり）たちまちにわが寝室にバスタブを組む

革命の犠牲者のごと高高と掲げられゆくバスタブまでを

屈強の男にお姫様抱つこされ湯船に入りぬ訪問入浴

浴槽に横たへられて乳房（ちちふさ）と耳の高さに柚子の香揺るる

性感のきはまるときやバスタブに横たへられて髪洗はるる

肩先に熱きシャワーが注がれて背をあたためてのちは溶暗

きみと見し最後の映画「テルマエ・ロマエ」誰も寝てはならぬとアリア響きて

肌赤き先住民と夢に会ひ挨拶交はす「死ぬには良い日だ」

こんなにも空青ければ旅立たむインディアンサマーだどこへでも行ける

聖体拝領

ビニールの袋に入りし聖体を若き神父は鞄より出す

ホスチアを掲げらるればたちまちにわが枕辺は聖堂と化す

「私は葡萄の木…」と唱へられたる祈禱文「終油の秘跡」とかつて呼びたる

二年半嘸下の敵と遠ざけしウェハース状のイエスの体

紫のストールまとふ神父の手　わが舌上に聖体を置く

聖体（キリスト）はわが消化器の暗闇を照らし果てまで嚥下されゆく

横たはるままに拝領終へたれば溢れし涙耳へと流る

冬の日の訃報は悲し　竹田圭吾　田村よしてる　デヴィッド・ボウイ

死者の声わが耳朶を甘噛みす　なべていのちは灰から灰へ

宙に浮かべば

介護用リフトはわれをベッドより吊りあげてゆく車椅子へと

クレーンに吊りあげられしインド象になりたる心地宙に浮かべば

高所恐怖症のわれをネットは搦め捕り魚のごとくに漁らむとす

異なりし視点をもちて眺むればブルーシートの屋上の見ゆ

吊りあげられ天井近くになりたれば窓には冬の海の輝き

「神様に返されし命」　何にでも挑みてみむと思ふ早春

良きことの知らせのあれば裸足にて春の坂道駆けたきものを

春の風

春三度（みたび）われに巡り来　動かざる手足やさしく撫づるごとくに

白髪の修道女二人訪れてわが少女期を笑ひて語る

この春に召命受けし教へ子は修道院の門に入りたり

春風に吹き寄せられて教へ子の娘二人が枕辺に笑む

ニューカレドニアの海辺に生(あ)れし娘らは姉が十五で妹十四

桃色の「珊瑚」は聡き姉の名ぞ　青き「美波」は美(は)しき妹

一対の人形のごとき姉妹来て桜ラスクをわれに差し出す

歌の友が南三陸町より贈りくれしペンケースひとつ枕辺にあり

被災者を語り部としたるバスツアー　南三陸町を巡りきわれは

海の見えぬここまで津波はきたのだと語る人ゐて車内黙せり

埋め立てし町の歴史を結びたり「海なりしものは海に帰りき」

われもまた神を許さむ動かざる手足に窓の虹を見上げて

花遊山

満開の桜のもとを病院に運ばれてより三とせは過ぎて

三年間目標とせし車椅子の花見はつひに実現したり

友の選びし薄紅色の花衣　三人がかりで着せ替へられつ

丈高き車椅子押す弟は六尺ゆたか　静かに笑ふ

随身の男の子二人を従へて花の真下を運ばれてゆく

ヘッドサポート付大型車椅子珍しく花見る人のふりかへりゆく

ひとひらの貝の形の皿の上「花遊山(はなゆさん)」てふ菓子置かれをり

コットンクラブ

介護タクシーの運転手ディーン・フジオカ似　その応対のさやけし皐月

初めての車椅子遠征　丸の内コットンクラブのライブへと行く

妹が嬉しげに押す車椅子　絨毯敷きのビルのコリドー

卓上のキャンドルライトに照らされて客席も今ステージと化す

シャンソンの調べのうちに前世紀のパリの小路を散歩しをはる

「メモリー」の歌詞は身体を貫きつ　わたしに触つて　わたしを抱いて

触診をすることのなき主治医ゐてかすか憎みきはつ夏の朝

見舞ひくれし酒井佑子の頬ずりにいのちの砂の熱く流れ来

ヘルパー太平記

「わたし百キロあるんです」誇らかに言ひしヘルパーうたた寝をする

百キロのヘルパーが刻みし夏野菜奥歯にて嚙む　細くかんばし

『台所太平記』ならねど病床の日記書きたし人繁ければ

夏風邪の女の声で「お風呂がわきました」給湯システムやや不調なり

婚活の真っ只中なるヘルパーの相談にのり男定めす

庭摘みのローズマリーを持ちくれしヘルパーの笑み艶やかなりし

終章は友が読みたり六人のヘルパーが順に読み聞かせたる本

急性期のみを知りたる医師たちはわが発語するを喜びくれぬ

在宅となりてひととせ記念日の朝ハイビスカス三輪ひらく

ひととせを家族のごとく過ごしたる友と祝のシャンパン開ける

郵便投票

梅雨晴を選り来て今朝の選挙カー高台の道を走りゆくなり

「週刊スピリッツ」付録『日本国憲法』全文を弟声をあげて読みをり

在宅の投票せむと申請書五枚を友は代筆したり

「国民の不断の努力」の証とて身障者手帳コピー添付す

囁きし候補者名を鉛筆で代理記載者の友は書き取る

三重の封筒に入れ投票の用紙二枚を投函したり

巻き笛

おとうとの江戸博士産に持ちくれし紙風船と青き巻き笛

巻き笛を吹きて呼吸を鍛へれば黒鶴稲荷の祭思ほゆ

雷雨去り二本榎通り明るめば祭太鼓のとほく聞こゆる

百物語に一本足りぬ蠟燭を買ひにゆきたり夏のゆふぐれ

バースデーケーキに立てし蠟燭の五本を消しきただ一息で

口角をあげて西瓜を頬張りぬ電動ベッド六十度にし

やまゆり園

やまゆりの園生(そのふ)の闇に振るはれし刃はわれの心をも刺す

発語せず身動きもせず闇の中天に召されし十九のいのち

「無用者」とナイフ突きつけられしごとひりひり痛む動かぬ四肢が

人の役に立つことのみが価値なりと育てられたる加害者あはれ

愛さるるために生まれしいのちみな祝されてをりその実存を

リスタート

再生の証にせむと友はわが病床の歌を選びて描く

三年半病のわれを支へたりしアーティストなる友のリスタート

空の青風船の形に閉ぢ込めてキャンバスに飛ばす友の絵筆は

七色の黄色ブドウ球菌に始まりて虹の歌へと転じて終はる

選ばれし十二の歌は絵となりてギャラリーの壁を染めあげてゆく

ＳＮＳの力大きくささやかな個展に花のあふるるがごと

救命病棟

わが肺に虎落笛ありひゆるひゆると寂しい音に一夜(ひとよ)すさべり

人生で六回目なる救急車伊皿子あたりの坂下るらむ

「ヤバイ」「ヤバイ」救命病棟にわれを囲める医師たちの「ヤバイ」が泡のごとくふくらむ

生と死は椅子取りゲームのごとくなり次に隣に座るのは誰

戦ひのゴングは不意に鳴るといふ大森益雄のうへにもわれにも

「気管切開は本人の意思に任せます」弟言へりとのちに聞きたり

いのちより言葉選べば救命医九人に囲まれ責められてをり

真空の漬物器に似たる呼吸器に顔面吸はれひよつとことなる

よれよれのパンチドランカーのごとくして生還したる朝まだきかも

いのち落つるときはたちまち九仞の功をいつきにかくごとくなり

右無気肺左変形激症の肺炎とわれは診断されて

母を呼びをり

救命病棟に老若男女集められ漂白されてゆくごとき日日

テレビなく時計さへなき大部屋は時のうつろひ日影にて知る

脳刺激何ひとつなき病室に源氏物語そらんじてをり

脳内に千切れし歌をとらへては面会に来し人に告げたり

病院の個室にひとり放置され心ゆくまで母を呼びをり

嚥下訓練一から始むオレンジのゼリー八食喰ひ続けたり

レインボーブリッジの見ゆる窓辺に帰り来てわが幸ひをひとり寿ぐ

まらうど

月ごとに飛驒古川より見舞ひ来る人ひとりあり「気」の強き人

枯畑の畦で摘みける白衣菜（メナモミ）は四肢麻痺に効く薬草らしき

「君の名は。」のモデルになりし古川の鳥居の傍（はた）に住めるまらうど

古川の駅より坂を登りくる「聖地巡礼者」日日に多しと

スズメバチの巣の位置高し　この冬は雪深からむ飛騨の古川

うはの空

半過去になりゆく時の中にゐて思ひ出は夢の中にのみあり

わがものでありし生徒ら餅のごと白金台の駅をのぼり来

シジフォスの苦役のごとくきりもなく文化祭のパネル片づける夢

雨あがりの聖堂にをればピキピキと天井高く家鳴りするなり

あと二歩で聖堂の扉　動かない二本の脚を夢に見つめつ

『うはの空』読み返しをりうす暗く揺るる魂われも持てれば

歌の別れ

枕辺を見舞ひし教へ子窓に立ち「立待月」と見返りて笑む

『いとしきもの』読み聞かせらるれば飛び出しの絵本のごとく歌立ち上がる

エッセイの千二百字を口述し大晦日(おほつごもり)のメールに送る

ひととせの「歌の別れ」はさまざまにＳＭＡＰのゐない紅白を見る

一斉に汽笛響きて祝杯を上ぐれば除夜の鐘も混じり来

踏絵

「沈黙」を上映初日に観て来しと弟の声うはずりて言ふ

ハリウッドにてリメイクされし「沈黙」は原作の心に忠実なるらし

高校の授業の合間に読みし本は記憶の図書館の中にのみあり

「キチジローが俺の心を連れ回し離さないのだ」と周作の声

夕映えの遠藤周作文学館キリシタン棲みし海辺の丘に

日本人の泥田のやうな原罪の意識を照らす赤き寒月

動かざる足裏(あうら)に踏絵のキリストが「吾(あ)を踏みて立て」と夢に囁く

うづたかくあり

冬の日の吐息かふかき青空にふきだし型の白き雲飛ぶ

丈高き車椅子に乗り街ゆけばすれ違ふ人みな目を逸らす

包まれて提げ持たれたる花のごとありても見えぬものの扱ひ

障害、者とわれは名告らむ挑むべき障害は外（と）にうづたかくあり

「福音宣教」読み聞かせらるれば知の巨人柄谷行人の受洗を知りぬ

日本基督教団の宣教師として二年間ソウルに住める姪とのスカイプ

ぴしぴしと氷片当たる音のして窓辺に見れば春の雪降る

早春のデヴィッド・ボウイ回顧展急ぎ行かばや車椅子にて

クラス会

寝たきりのわれを出席させたしと家近きホテルに友ら集へり

車椅子で入室すれば四十の顔一斉にわれを向くなり

ホテルマンの押す車椅子あたたかき拍手の中を「鈴蘭の間」ゆく

七十人で一学年の時代なりき「ばら組」「ゆり組」垣根はなくて

全員と言葉を交はす　今は亡きクラスメートも面影に立ち

よそゆきの黒のレースのスカートの膝にそろへし両手動かず

寝たきりで法令線も消えたれば吉祥天女のごとしと言はる

春宵

空中より小刀一振り現はれてわが左胸刺し続けたり

袋綴ぢのコクトー『白書』ナイフにて開けば傷つく少年の顔

文芸サークルの生徒らすべて卒業し職場はさらに遠くなりゆく

スピーカーフォン使ひ始めは教へ子の高見順賞受賞の知らせ

一行に一首あまりの喩を湛へ現代詩一篇歌集のごとし

深夜番組に上村駿介見つけたり新進シンガーソングライターとして

繰り返す春のエチュード黒鍵に硝子の塔の傾く気配

四とせまへ夜ごと弾きたる「ジムノペディ」脳裏の楽譜真白となりぬ

七条の宮温子皇后わが歌にかすかな影をひとすぢ落とす

リフレイン

夭逝の人にも四季はあるといふわが病窓の内外(うちと)にも春

月次（つきなみ）の屏風絵のごと明明（めいめい）と咲く桜花散る桜花

春光に背中押されて咲き初めの猿町公園車椅子にて

九本の桜の古木公園のをちこちに立ち遊具を隠す

久野綾希子ライブ

夕焼けのごとき照明ふいに落ちまだリフレインする「行かないで…」

巡りくる四季丁寧に迎へばや月の出は今宵十九時六分

「ありすの杜」へ

ふたとせを母を見ずして過ごしたりそれぞれの老いの道深めつつ

緑陰の「ありすの杜」の午後のカフェ小さくなりし母は微笑む

車椅子に座したる母は手をのばし弟の腕にすがりつきたり

「わたくし、なにかお誓ひしてましたか?」緊張を湛へ母は発語す

友の手を借りて渡せる花束は造花であれば散ることもなし

讃美歌をうたへば母も唱和する「主我を愛す」小さき声で

車椅子二台並べて撮影すわが横顔を訝しむ母

かすかなる光集めて日日(にちにち)の幸せとなすサン・キャッチャーは

お愛想に「またね」と囁く九十九髪（つくもがみ）の母を残してカフェを出でたり

サン・キャッチャー

北欧の少なき光集めむと窓辺に揺るるクリスタル飾り

あとがき

『シジフォスの日日』は、『致死量の芥子』、『朱を奪ふ』、『ありすの杜へ』に続く私の第四歌集である。

教職の定年を二年後に控えた二〇一三年の四月、私は黄色ブドウ球菌の感染による髄膜炎で倒れた。緊急手術の後、意識が戻ったときは、首から下が動かぬ四肢麻痺に陥っていた。脊髄が菌に侵されたため焼野原になっていて、呼吸筋も動かず、自発呼吸ができない状態だったのだ。直ちに気管切開、人工呼吸器が装着され、脊椎損傷による障害が残った。前年の十一月の交通事故との関連も疑われたが、立証は難しかった。医師からは、「人工呼吸器をつけたまま、一生寝たきりで、話すことも食べることもできない」と宣告された。

しかし四箇月が過ぎた七月二十九日の私の誕生日の朝、奇跡的に呼吸器を外すことができた。新しい担当医とナースの厳しくも力強い励ましの成果だった。微かな声ではあるが、発語もできるようになり、訓練の末、転院後の病院では、口述筆記による作歌ができるようになった。歌の友たちの励ましもあり、八箇月の休詠の後に「短歌人」の誌面に復帰することもできた。

退院の折、古くからの友人が、レインボーブリッジの見える高台のマンションでのルーム・シェアを提案してくれた。今はその部屋で、友人、弟妹、医療関係者、介護スタッフ等三十六人以上の方々の力を借りて、在宅での生活を続けている。

二歳でカリエスを患い、寝たきりの生活の中で歌を詠み始めた私は、再び寝たきりの生活に戻り、言葉を歌に乗せて飛ばすこととなった。

第三歌集以降、千百首の歌の中から、病床での作歌のみ三百七十九首を選び、『シジフォスの日日』を編年体で編んだ。病や障害に直面したときの魂の痛みを詠ったものだが、意外なことに、蓋を開けてみると箱の中には小さな「希望」が羽根を震わせているような気がした。

歌集名にある「シジフォス」は、ギリシャの神々に逆らったため、罰として大きな岩を山頂まで運び上げることを命じられた神話上の人物である。巨岩は山頂に着くやいなやたちまち転がり落ちてしまう。シジフォスは、永遠にこの無意味な苦役を続けることを運命づけられている。しかし、このような不条理な運命や様々な不条理な人生も、それを自らの意志で選び取れば、実存的な喜びになるのではなかろうか。

この歌集を上梓するにあたり、片翼を担ってくれた友、長谷川象映氏、栞文を寄せて下さった小池光氏、酒井佑子氏、穂村弘氏に心からの感謝を捧げたい。小池氏には月詠の選をはじめとし、この歌集を上梓するまでの心の支えになっていただいた。また、「短歌人」をはじめとする結社を超えた歌の友たち、弟妹、友人たち、装幀をお引き受け下さった菊地信義氏、そして編集に携わって下さった短歌研究社の方々、とりわけ堀山和子氏に心からお礼申し上げたい。

二〇一七年七月二十九日

有沢　螢

著者略歴

1949（昭和24）年　東京生まれ
六歳より作歌
1976年　聖心女子大学を経て、早稲田大学大学院
文学研究科日本文学修士課程修了
2000年　歌集『致死量の芥子』上梓
2001年　「短歌人」入会
2007年　歌集『朱を奪ふ』上梓
2011年　歌集『ありすの杜へ』上梓
2015年　現代短歌文庫123『有沢螢歌集』上梓

検印
省略

平成二十九年十二月八日　第一刷印刷発行
平成三十年五月一日　第二刷印刷発行

歌集　シジフォスの日日（ひび）

定価　本体二八〇〇円（税別）

著者　有沢（ありさわ）螢（ほたる）
郵便番号一〇四—〇〇四五
東京都中央区築地四—二—七—五〇五

発行者　國兼秀二
発行所　短歌研究社
郵便番号一一二—〇〇一三
東京都文京区音羽一—一七—一四　音羽YKビル
電話〇三（三九四四）四八二二・四八三三
振替〇〇一九〇—九—二四三七五番
印刷者　豊国印刷
製本者　牧製本

ISBN 978-4-86272-563-9　C0092　¥2800E